Zwijsen

estafette

Beste vriend

Maria van Eeden
tekeningen van
Lisa Brandenburg

Auteur
Maria van Eeden

Illustraties
Lisa Brandenburg

Projectgroep Uitgeverij Zwijsen
Monique Engel, Michael van Haaren (projectleiding en redactie)
Marion van der Meulen (AVI-advies)
Karin van Lieshout, Anita van Son, Miranda van Zeelst (bureauredactie)
Tony Riboch (vormgeving)
Niek Rooijakkers (productiebegeleiding)
Huub Lucas (uitgever)

2e druk

ISBN 978.90.276.6926.1

NAVIGATOR

E4

www.zwijsen.nl
www.estafette-lezen.nl

Inhoud

1. Een maand bij tante Map

Olle hangt op de bank.
Naast hem ligt een hele stapel stripboeken.
Hij duwt de boeken opzij.
Hij heeft geen zin in lezen.
Trouwens, deze strips kent hij al bijna uit zijn hoofd!
Hij zucht.
Hij heeft niets leuks te doen, er is zelfs niemand om mee te praten.
Tante Map zit in haar werkkamer.
Ze weet niet dat Olle zich verveelt.
Al bijna drie dagen is Olle nu in huis bij tante Map.
Maar hij is er nog steeds niet gewend.
Eerlijk gezegd vindt hij het elke dag een beetje erger.
Hij wil gewoon terug naar zijn eigen huis.
Maar dat kan voorlopig niet.
Olles vader en moeder zijn op reis.
Niet op vakantie, maar voor hun werk.
Ze blijven dertig dagen weg.
Daarom moest Olle wel naar tante Map.
Zijn ouders dachten dat hij vlug zou wennen.

‘Een maand is zo voorbij!’ zeiden ze.
‘Je zult het best naar je zin hebben bij tante Map!’
Maar dat is dus niet zo!
Tante Map is een zus van Olles moeder, maar ze lijkt geen sikkepitje op zijn moeder.
Tante Map heeft bijna nooit tijd voor hem.
Ze werkt de hele dag.
Meestal zit ze achter haar computer, of anders belt ze met iemand.
Ze maakt eten klaar dat Olle niet lekker vindt.
Maar dat durft hij niet tegen haar te zeggen.
Tante Map heeft ook altijd veel haast.
'Opschieten, Olle,’ zegt ze telkens.
‘Zit niet zo te dromen!’
‘Eet eens door!’
‘Maak vlug je veters vast.’
‘Gauw, stap in de auto!’
Olle wordt er zenuwachtig van!

2. Helemaal alleen

Normaal verveelt Olle zich eigenlijk nooit.
Meestal speelt hij buiten met zijn vriendjes van school.
En als het slecht weer is, speelt hij lekker op zijn kamertje.
Hier, bij tante Map, heeft hij ook een eigen kamer.
Bijna al zijn speelgoed staat daar nu: zijn lego, zijn tekenspullen, zijn spelletjes en zijn stripboeken.
Maar in dit huis lijkt zijn speelgoed helemaal niet meer zo leuk.
Het huis van tante Map staat in een drukke straat met veel verkeer.
Er is verderop wel een park, maar daar komen zijn vriendjes nooit.
Die wonen allemaal veel te ver weg.
Olle is echt helemaal alleen.
Zelfs zijn poes Roefje moet hij een hele maand missen.

Nog zevenentwintig dagen.
Pas dan kan hij weer naar huis terug.
Dat houdt hij nooit vol!
Olle zet de tv aan.
Er is een speelfilm bezig.
Een man en een vrouw lopen door een donkere gang.
Er gebeurt bijna niets, maar toch is het griezelig.
Ook de muziek klinkt spannend.
Olle krijgt er koude rillingen van.
Toch blijft hij kijken.
Hij merkt niet eens dat het al donker is.
'Maar Olle, zit je hier nog?'
Opeens staat tante Map voor hem en ze zet de tv uit.
'Ik was je helemaal vergeten!
Het is allang bedtijd.
Kom maar vlug, dan gaan we naar boven.'
'Ik kan wel alleen naar bed.
Dat doe ik anders ook altijd!' zegt Olle hard.
'Mooi zo!' Tante Map geeft hem een zoen op zijn wang.
'En vergeet niet je tanden te poetsen!'

3. Enge geluiden

De deur van de kamer valt met een klap achter Olle dicht.
Hij staat alleen op de overloop.
Het is er pikdonker.
Olle hapt naar adem.
Hij voelt met zijn hand op de muur naar het lichtknopje.
Gelukkig vindt hij het meteen.
Zo, met de lamp aan is het al wat minder eng.
Maar nog steeds voelt hij zich niet prettig.
Dat komt natuurlijk door die enge film waar hij naar heeft zitten kijken.
Maar het komt ook door dit huis.
In Olles eigen huis is het overal licht.
Het is geen groot huis, maar dat hoeft ook niet.
Alleen papa, mama en hijzelf wonen daar.
Het huis van tante Map is heel anders.
Daar wonen ook nog een heleboel andere mensen.
Als je binnenkomt, moet je eerst een paar hoge trappen op.
Bij elke trap is een deur, waarachter vreemde mensen wonen.

Pas na de derde trap ben je bij de deur van tante Map.
En de slaapkamer van Olle is nog een trap hoger.
Die ligt vlak onder het dak.
Olle kijkt omhoog naar de zoldertrap.
Zelfs met de lamp aan ziet die er donker en eng uit.
Halverwege maakt de trap een draai.
Je kunt dus niet zien of daar iemand staat.
Olle hoort allemaal vreemde geluiden.
Er klinkt geschuifel en gebonk en ergens jankt een hond.
Olle is een beetje nijdig op zichzelf.
Het is niet waar dat hij altijd alleen naar bed gaat.
Elke avond gaat papa met hem mee naar zijn slaapkamer.
En meestal leest papa hem dan voor.
Olle zucht nog eens diep.
Dan pakt hij de **trapleuning** beet en hij zet zijn voet op de eerste **trede**.

4. Een jongen

Opeens hoort Olle **traptreden** kraken.
Loopt daar iemand?
Vlugge voetstappen **roffelen** op de trap.
Ze komen niet van de zolder af naar beneden.
Nee, iemand komt naar boven gelopen.
Wegwezen, denkt Olle.
Met een sprong staat hij bij de deur van tante Map.
Voor hij die open kan doen, houden de voetstappen stil.
Er staat iemand vlak achter hem.
Olle durft niet te kijken.
Hij wil schreeuwen: 'Tante Map! Vlug, doe open!'
Maar de woorden blijven in zijn keel steken.
Hij slaat allebei zijn handen voor zijn gezicht en hij houdt zijn adem in.
Tegelijk probeert hij zich zo klein mogelijk te maken.
'Ha, beste vriend van mij,' hoort hij dan een vrolijke stem zeggen.
'Speel je verstoppertje?
Mag ik met je meedoen?'
Olle draait zich om.

Daar staat een jongen.
Een grappige jongen met een enorme bos zwarte krullen.
Hij is ongeveer even groot als Olle.
Met een diepe zucht gaat Olle rechtop staan.
Hij slikt.
Hij voelt de schrik nog natrillen in zijn benen.
'W-woon jij hier in huis?' vraagt hij aan de jongen.
'Je luistert niet naar me!' zegt de jongen.
'Ik vraag of ik mag meedoen.
Ik tel af en jij verstopt je, oké?'
'Maar, maar ... ik moet naar bed.'
Olle wijst naar de zoldertrap.
'Nou, dan doen we toch wie het eerste boven is!
Kom op, beste vriend van mij.
Ik tel tot drie: één, twee ...'
De jongen holt de eerste traptreden al op.
'Wacht!' roept Olle en hij rent de jongen achterna.

5. Rovertje

Achter elkaar rennen ze de trap op, de vreemde jongen en Olle.
Olle kan heel hard lopen en hij haalt de jongen gemakkelijk in.
Ze zijn tegelijk boven.
Maar als Olle de deur van zijn kamer opendoet, glipt de jongen langs hem heen.
Hij springt met een plof op Olles bed.
'Ik was er het eerste!' roept hij trots.
'Ik heb gewonnen, dus nu mag ik kiezen wat we gaan doen.
We gaan rovertje spelen, kom!'
De jongen springt van het bed af en pakt het dekbed vast.
Hij begint er uit alle macht aan te trekken.
'Wat doe je nou?' roept Olle.
'Wat ik zei,' zegt de jongen.
'We gaan rovertje spelen, dus we hebben een hut nodig.'
Hij gooit het dekbed op de grond.
Dan begint hij tegen de tafel te duwen.
'Wat is dat ding zwaar, zeg.
Help eens een handje!' hijgt hij.

‘Maar ...’ zegt Olle.
‘Mag jij wel zo lang van huis wegblijven?
Vinden je vader en moeder dat zomaar goed?
En hoe laat moet jij dan naar bed?’
De jongen haalt zijn schouders op.
‘Ik kan mijn beste vriend toch niet in de steek laten!’ zegt hij.
‘Jij wilde spelen.
Nou, dan doen we dat ook!
Kom op, help me eens, pak jij de andere kant.
Ik kan niet alles in mijn eentje!’
Olle schiet in de lach.
Hij vergeet al zijn vragen.
Samen zetten ze de tafel op zijn kop.
Het dekbed leggen ze over de poten heen.
Zo is het een prachtige hut.
Nu kan het roversspel beginnen.

6. Geen manieren

Olle en de jongen spelen heel lang rovertje.
Het is een gevaarlijk spel.
Maar rovers zijn nooit bang, zelfs niet voor de ergste vijand.
De hut is een veilig hol.
En als ze moeten vluchten, is het bed hun schip.
Als ze moe zijn van hun avonturen, gaan ze bij het kampvuur zitten.
Ze vertellen elkaar spannende verhalen.

Ze gaan daarmee door tot Olle in slaap valt.
En zelfs in zijn dromen is hij nog dapper.
Maar de volgende ochtend is hij dat niet meer.
Tante Map komt hem wakker maken.
'Wat heb jij allemaal uitgespookt?' zegt ze boos.
'Uitgespookt?' Olle begrijpt niet meteen wat ze bedoelt.
Dan ziet hij de omgekeerde tafel.
En op de grond liggen nog veel meer spullen.
Ja, nu weet hij het weer: het roversspel!
Maar dat durft hij niet te zeggen.
Tante Map kijkt zo streng.
Als ze hoort dat hier een vreemde jongen was, wordt ze vast nog veel bozer.
'Ik ... ik heb gewoon gespeeld,' zegt Olle.
'Noem je dat gewoon?' zegt tante Map.
'Moet je nou kijken: je hebt al je kleren nog aan.
Heb je zo geslapen? Dat zijn toch geen manieren.
Ik laat je nóóit meer alleen naar bed gaan!'
Ze blijft erbij staan terwijl Olle schone kleren aantrekt.
'Opschieten!' zegt ze een paar keer.
Pas als Olle helemaal klaar is, laat ze hem alleen.

‘Ik ga nu snel voor het ontbijt zorgen,’ zegt ze.
‘Ondertussen ruim jij de kamer op.
En een beetje vlug alsjeblieft, anders komen we nog te laat op school!’
Dan gaat zijn tante mopperend naar beneden.

7. Wie wonen hier?

Olle pakt de rand van de tafel beet.
Hij trekt zo hard als hij kan.
Hij kreunt, hij hijgt ... en het lukt hem!
In zijn eentje krijgt hij de tafel weer op zijn vier poten.
Daarna raapt hij vlug de andere spullen op.
Dan holt hij de trap af.
Tante Map is in de keuken pap aan het klaarmaken.
Ze roert met een houten lepel in een steelpannetje.
De hele keuken ruikt naar de pap.
Olle lust geen pap, maar daar probeert hij niet aan te denken.
Hij gaat aan de tafel zitten.
'Tante Map, wonen hier ook andere kinderen?' vraagt hij.
'Nee,' zegt tante Map.
'Helemaal beneden woont een man.
Ik weet niet hoe hij heet, maar hij is bokser, dat weet ik wel.
Daarboven woont mevrouw Drie.
Zij is ook alleen, net als ik.

En vlak onder ons wonen meneer en mevrouw
De Jong.'
Ze zet de pan met hete pap op de tafel.
Dan pakt ze een kom uit de kast.
Daar schept ze een flinke **portie** pap in.
De hete damp kleeft aan de glazen van haar bril.
'Eet maar snel op, anders wordt het koud.'
Olle pakt zijn lepel.
'Wonen er ook geen jongens?' vraagt hij.
Tante Map lacht.
'Jongens zijn toch ook kinderen!'
'Maar ...' begint Olle.
Dan stopt hij.
Hij weet niet goed wat hij moet zeggen.
'Waarom eet je niets?' vraagt tante Map.
'Vind je het niet lekker?'
Olle krijgt een raar gevoel in zijn buik.
Hij neemt een piepklein hapje.
De pap blijft achter in zijn keel steken.
'Heerlijk!' zegt hij zacht.

8. Pap eten

Tante Map wijst naar de klok.
'Om kwart voor acht moeten we weg!'
Dan haast ze zich ze de keuken uit.
Olle kijkt naar zijn pap.
Hij pakt zijn lepel, maar hij heeft helemaal geen trek.
Dan hoort hij de deur weer opengaan.
Vlug steekt hij een grote hap pap in zijn mond.
Hij verslikt zich en moet hoesten.
Zijn lepel valt op de grond.
'Hé, beste vriend, mag ik ook even proeven?'
Gelukkig, het is niet tante Map, maar die jongen van gisteravond!
'Hoe kom jij hier binnen?' fluistert Olle.
'Je luistert niet,' zegt de jongen.
'Ik vroeg of ik ook een hapje mag.'
Hij wacht niet op antwoord van Olle.
Hij raapt de lepel op en eet achterelkaar de hele kom leeg.
'Lekker! Je bent echt mijn beste vriend!' zegt hij.
'Olle, ben je klaar?' roept tante Map vanuit de gang.
Help! Tante Map mag nu niet binnenkomen.

‘Ik kom al!’ roept Olle en hij holt de keuken uit.
‘Klaar!’ zegt hij.
‘Mooi! Dan kunnen we gaan.
Even mijn autosleutels pakken,’ zegt tante Map.
Olle roept nog: ‘Wacht, ik haal ze wel!’
Maar tante Map is de keuken al in gelopen.
Nu zal je het hebben!
Als tante Map die jongen ziet, wordt ze natuurlijk vreselijk boos.
Maar er gebeurt niets.
Drie tellen later komt tante Map terug met haar autosleutels.
‘Heb jij al je spullen?’ vraagt ze.
‘Kom maar snel, dan zijn we nog op tijd op school!’
Hoe kan dat nou? denkt Olle.
Waar is die jongen nou gebleven?
Hij holt achter tante Map aan de trap af.
Net voordat hij naar buiten gaat, hoort hij roepen:
‘Joehoe, tot vanmiddag, beste vriend!’
Olle kijkt in het **trappenhuis** omhoog.
De jongen slaat juist zijn been over de **leuning** en hij glijdt ratsj roetsj naar beneden.
Buiten toetert tante Map ongeduldig.

9. Een verrassing

Tante Map komt Olle die middag ook weer van school ophalen.
Op de hoek van de straat staat hij al op haar te wachten.
Tante Map hoeft niet eens uit te stappen.
Zo gauw ze gestopt is, maakt Olle het **portier** open.
Hij klimt meteen op zijn plaats achter in de auto.
Hij maakt zijn **gordel** vast en zegt: 'Rijden maar!'
'Nou, nou!' lacht tante Map.
'Jij hebt er zin in!
Heb je het leuk gehad op school vandaag?'
Terwijl Olle begint te vertellen, start ze de auto en ze rijden weg.

Een tijdje kijkt Olle tevreden naar de huizen en de winkels.
Maar opeens ontdekt hij dat er iets niet klopt.
'Stop, we gaan verkeerd!' roept hij.
'We moeten hier rechtsaf, dit is niet de goede weg!'
'Dat klopt!'
Tante Map kijkt hem aan met een geheimzinnig lachje.
'Ik heb een verrassing.'
Verder zegt ze niets.
'Maar ... gaan we niet naar huis?

Waar gaan we dan naartoe?' vraagt Olle met een klein stemmetje.
Zijn goede humeur is in één klap verdwenen.
Tante Map heeft niets in de gaten.
'Je kunt niet wachten, hè?' lacht ze.
'Dan zal ik het maar verklappen!
Eerst gaan we samen boodschappen doen.
Ik heb een heleboel nodig, dus we moeten naar allerlei winkels.
Maar als we daarmee klaar zijn, gaan we uit eten, heel deftig met zijn tweetjes.
Het geeft niet als het laat wordt vanavond.
Morgen hoef je toch niet naar school.
Nou, vind je dat geen leuk plannetje?'

10. In de supermarkt

Olle vindt het plannetje van tante Map
helemáál niet leuk.
Hij wil spelen met zijn nieuwe vriend.
Daar heeft hij zich de hele dag op verheugd.
Trouwens, die jongen wacht op hem.
Olle wil hem niet zomaar in de steek laten.
Maar hoe moet hij dat aan tante Map uitleggen?
'Nou?' vraagt tante Map nog een keer.
'Wat vind je ervan?'
'L-leuk,' zegt Olle.
'Mooi, dat is dan afgesproken!' zegt tante Map
tevreden.
Maar Olle is kwaad, vooral op zichzelf.
Hij had een smoes moeten verzinnen.
Dat hij buikpijn had of zoiets ...
Dan moesten ze wel naar huis gaan.
Maar daar is het nu te laat voor.
Even later staan ze in een enorme supermarkt.
Het is er vreselijk druk.
Tante Map pakt een winkelwagentje.
Ze duwt het door de drukke gangen van de
winkel.
Met zijn handen in zijn zakken sjokt Olle achter

zijn tante aan.
Tante Map legt allerlei potjes en blikjes in het karretje.
Er staan rare namen op: an-sjo-vis, mo-riel-je, ta-pe-na-de ...
Brrr! Het klinkt vies.
Als ik dat maar niet hoef te eten, denkt Olle.
Tante Map moet om hem lachen.
'Kijk maar niet zo **benauwd**!' zegt ze.
'Dat ga ik heus niet voor je klaarmaken, hoor.
Bedenk jij nou maar iets wat je wél lekker vindt.'
Daar hoeft Olle niet over na te denken.
'Patat!' zegt hij.
Nu trekt tante Map een vies gezicht.
'Nee Olle, dat bedoel ik natuurlijk niet.
Patat is zó ongezond! Dat is helemaal niet goed voor je.
Dus dat ga ik niet voor je klaarmaken.
Bedenk maar iets anders: worteltjes, of bloemkool of zoiets.'

11. Gezond eten

Tante Map loopt met haar karretje handig tussen de winkelende mensen door.
Olle loopt maar achter haar aan.
Anders raakt hij haar misschien kwijt.
Op dat moment hoort hij een bekende stem.
'Wacht even, beste vriend van mij.
Niet zo snel.
Laten we samen bedenken wat je wilt eten!'
Kijk nou!
Die jongen met de zwarte krullen is ook in de winkel, dat is toevallig!
'Met wie ben jíj hier?' vraagt Olle.
Hij kijkt om zich heen.
'Waar is je moeder?'
'Je luistert niet!' zegt de jongen.
'Ik zei dat we samen iets zouden bedenken om te eten.
Maar eigenlijk weet ik het al wel.
Volgens mij lust je vreselijk graag Engelse drop.
En kauwgom ook.
Heb ik gelijk of niet?'
Olle ziet zichzelf al met een bord vol Engelse drop voor zich.

'Goed geraden!' giechelt hij.
'Dat vind ik heerlijk.
En het is vast veel gezonder dan patat.'
De jongen lacht niet met hem mee.
'We zijn nog lang niet klaar!' zegt hij ernstig.
'Hoe wil je ontbijten? Met spekkies en lange vingers?'
'Ook weer goed!' Nu lacht Olle hardop.
'Jij weet precies wat ik lekker vind!
'En zoutjes wil ik ook! Zoutjes en nootjes vooraf.
En toffees en ... cola!'
'Dat komt in orde!' zegt de jongen.
'Ik zie je later, beste vriend van mij!'
'Wat bedoel je?' vraagt Olle.
'Waar ga je dan naartoe?' Maar de jongen is alweer weg.
Olle is er vrolijk van geworden en fluitend gaat hij op zoek naar tante Map.

12. Een kar vol lekkers

Tante Map staat al bij de kassa.
Ze is bezig haar karretje uit te laden.
Ze heeft ontzettend veel gekocht!
Er staat een lange rij mensen achter haar te wachten.
Olle **wurmt** zich tussen de wachtende mensen door.
'Zo, ben je daar eindelijk?' vraagt zijn tante.
'Je was opeens verdwenen.
Nu heb ik zelf maar iets voor je bedacht ...'
Plotseling houdt ze op.
'Wat is dit?' vraagt ze met een vies gezicht.
Ze houdt een zak vol kleurige kauwgomballen omhoog.
'Hoe komt dat in mijn karretje? Heb jij dat erin gelegd, Olle?'
'Nee!' zegt Olle.
Hij voelt dat zijn gezicht rood wordt.
'Ja ja, dat zal wel!' zegt tante Map.
Met een boos gezicht geeft ze het zakje aan de mevrouw achter de kassa.
'Wilt u dit terugnemen? Dit was niet de bedoeling!' zegt ze.

Dan gaat ze weer door met uitladen, maar opeens geeft ze een gilletje.
'Olle!' roept ze.
'Wat heb je voor een flauwe streek uitgehaald?'
Ze heeft een enorme zak drop in haar karretje ontdekt.
En er liggen ook een paar zakjes nootjes in, en toffees, en koekjes, en cola ...
Alles wat Olle samen met die jongen heeft bedacht, ligt nu in het wagentje.
Olle voelt een lachkriebel opkomen.
Hij probeert hem in te houden, maar dat lukt niet.
Hij proest het uit.
'Ik vind dit beslist niet grappig!' zegt tante Map **pinnig**.
'Ga die spullen zelf maar terugleggen in de winkel!
En schiet een beetje op!'
'M-maar ík heb dat niet gedaan!' hikt Olle.
Hij kan nog steeds niet ophouden met lachen.
Tante Map gelooft hem natuurlijk helemaal niet.

13. Weggestuurd

De mevrouw achter de kassa wordt ongeduldig.
'Wilt u alstublieft opschieten?' vraagt ze aan tante Map.
Ook de mensen in de rij beginnen te mopperen dat het zo lang duurt.
Tante Map wordt nu nog veel bozer.
'Hou eens op met dat domme gelach, Olle!' zegt ze.
Ze gooit alle pakjes en zakjes terug in haar karretje.
'Ik breng die spullen zelf wel terug!' zegt ze.
'En ga jij maar vast naar buiten.
Ik kan echt niet de hele tijd op je letten.
Dan kom ik nooit klaar met mijn boodschappen.
Ik moet ook nog bij een paar andere winkels zijn.

Wacht maar bij de auto tot ik klaar ben.'
Met een strak gezicht duwt ze haar karretje langs de rij mensen terug de winkel in.
Opgelucht holt Olle naar buiten.
Hij zoekt de rode auto van tante Map.
Daar vlakbij gaat hij op de stoeprand zitten.
Hij moet nog steeds een beetje lachen.
Na een tijdje heeft hij geen zin meer om te wachten.
Het duurt wel erg lang.
Waar blijft tante Map nou toch?
Hij gaat staan en tuurt naar de winkels.
Tante Map is nergens te bekennen.
'Hé, beste vriend van mij!' hoort hij opeens.
'Zullen we iets leuks gaan doen?
Ik weet een fijn speelveldje!'
De jongen met de zwarte krullen staat achter hem.
Hij kijkt Olle lachend aan.
'Hè?' zegt Olle.
Hij heeft hem helemaal niet horen aankomen.
'Hoe wist je dat ik hier was?' vraagt hij.
'Had je gezien dat tante Map me de winkel uit stuurde?'

14. Een speelveldje

‘Vragen, altijd maar vragen!’ zegt de jongen hoofdschuddend.
‘Ik vroeg of je meekwam naar het speelveldje. Meer niet!’
‘Ja, maar ...’ begint Olle.
Hij kijkt om zich heen.
Er lopen een heleboel mensen met volle winkelwagens naar het parkeerterrein.
Maar niemand lijkt bij die jongen te horen.
‘Eh ... hoe heet je eigenlijk?’ vraagt Olle dan.
De jongen zucht diep.
’Luister jij echt nooit?’ vraagt hij.
‘Ik wilde doorgaan met ons roversspel.
Maar het hoeft niet, hoor! Dan speel ik wel alleen, ook leuk!’
De jongen keert zich om en loopt weg.

'Wacht!' Olle gaat op een holletje achter hem aan.
'Dat dacht ik wel!' De jongen lacht tevreden.
'Je hebt geluk dat je nog mag meedoen.
Ik weet namelijk de beste speelplek van de hele wereld.'
Hij neemt Olle mee naar de achterkant van de winkels.
Daar ligt een bouwterrein.
Maar het echte bouwen moet nog beginnen.
Voorlopig ligt er alleen maar zand.
Zo veel zand dat het wel een strand lijkt.
En de zee is er ook bij.
Door de regen is er in het midden een echte vijver ontstaan.
'Dit bedoel ik dus!' zegt de jongen trots.
'We gaan hier ons **fort** maken!'
Samen gaan ze aan het werk.
Eerst graven ze een kuil tot aan het zwarte zand.
Met water uit de vijver maken ze de muren stevig.
Het wordt een prachtig fort.
Ze vinden ook een grote **vlonder** waar ze een **vlot** van maken.
Nu kunnen ze ook het water over.

Want misschien ligt aan de overkant wel een schat verborgen.
Ze varen juist naar de andere kant van de zee, als Olle zijn naam hoort roepen.

15. Boze tante

'Olle!' klinkt een luide stem.
'Kom onmiddellijk hier!'
Van schrik valt Olle bijna in het water.
Dat is tante Map!
Hij was haar helemaal vergeten!
Meteen springt hij van de **vlonder** en holt naar haar toe.
Voor hij iets kan zeggen, pakt tante Map hem bij zijn arm.
'Ik heb je een hele tijd lopen zoeken!
Misschien wel een uur!
Ik had toch gezegd dat je bij de auto moest blijven wachten!
Snap je dan niet dat ik vreselijk ongerust was?'
Eigenlijk begrijpt Olle dat nu achteraf best.
Maar hij krijgt de kans niet om het aan haar uit te leggen.
Tante Map is zo boos!
'Wat zie je eruit! Vreselijk!
Het zand zit tot in je haren!
En je bent ook kletsnat!
Zo kan ik je toch niet mee uit eten nemen!
We gaan rechtdoor naar huis.'

Tante Map blijft mopperen, helemaal tot ze er zijn.
Olle moet meteen naar boven om zich uit te kleden en te wassen.
Tante Map blijft naast hem staan.
Ze let erop dat hij zijn haren goed uitspoelt en zijn oren wast.
Na het eten loopt tante Map mee naar zijn kamer.
Als hij in bed ligt, stopt ze hem stevig in en daarna doet ze de lamp uit.

‘Geen streken vanavond!’ zegt ze.
‘Is dat beloofd?’
‘Beloofd,’ fluistert Olle.
Hij hoort haar voetstappen de trap af naar beneden gaan.
Daarna is het stil.
Olle drukt zijn kussen tegen zich aan.
Het kussen is net zo zacht als zijn poes Roefje.
Olle telt: vier dagen zijn voorbij.
Dus het duurt nog zesentwintig dagen, dan ziet hij Roefje weer.

16. Geen school

Als Olle de volgende morgen wakker wordt, is het nog vroeg.
Zes uur pas, ziet hij op de wekker.
Toch lukt het hem niet meer om in te slapen.
Zou tante Map nog boos zijn?
Hoe zou hij het weer goed kunnen maken?
Weet je wat?
Hij ruimt zijn kamer op.
Dat zal tante Map fijn vinden.
En als die jongen vandaag komt, stuurt hij hem weg.
Anders gaat het toch weer mis.
Olle begint meteen en al snel is alles klaar.
De kamer ziet er piekfijn uit.
Hij hoopt maar dat tante Map vlug komt.
Dan kunnen ze lekker vroeg naar school.
Maar opeens bedenkt hij dat het vandaag zaterdag is.
Het is helemaal geen schooldag.
En morgen ook al niet.
Twee hele dagen zonder zijn schoolvriendjes!
Hoe moet hij die doorkomen?
Olle gaat op zijn bed liggen en trekt het dekbed

over zijn hoofd.
Als hij slaapt, gaat de tijd misschien sneller voorbij.
'Hallo, beste vriend van mij!
Wil je echt uitslapen of zullen we spelen?'
'Wat?' Met een ruk gooit Olle het dekbed weer van zich af.
Op het voeteneind van het bed zit de jongen met de zwarte krullen.
'Waar kom jij nou opeens vandaan?' roept Olle uit.
'Hoe doe je dat toch?'
'Je luistert niet, beste vriend.
Ik vroeg of je zin hebt om samen te spelen!'
Olle vergeet op slag alles wat hij met zichzelf heeft afgesproken.
'Ja natuurlijk!' zegt hij, 'Wat gaan we doen?'

17. De waterval

De ogen van de jongen glimmen van pret.
'Ben jij weleens met een kano van een waterval naar beneden gevaren?'
Nee, dat heeft Olle nog nooit gedaan.
'Let dan maar eens op!' zegt de jongen.
'Maar kom eerst van je bed, want we hebben die matras nodig!'
Samen trekken ze de matras van het bed af.
'Nu naar de gang brengen!' beveelt de jongen.
'Maar wat ga je dan doen?' roept Olle.
'Alleen maar wat jij wilt!' zegt de jongen.
'Met de kano van de waterval varen.
Ik weet zeker dat je dat spannend vindt!'
Ze sjouwen de matras tot boven aan de trap.
Dan gaat de jongen er bovenop liggen.
'Jij ook.
En hou je vast!' zegt hij.
Dat doet Olle.
Hij zet zich af en de matras begint te glijden.
Bij elke traptrede springt hij een beetje omhoog.
Veertien golven heeft de waterval.
Dan is de kano onder aan de waterval.
Wauw, dat was echt spannend!

Olles hart bonkt als hij overeind gekrabbeld is.
Samen duwen ze de kano naar de tweede waterval.
Op dat moment gaat er beneden een deur open.
Er komt een mevrouw naar buiten.
Ze houdt een jong hondje aan de lijn.
Als ze de matras ziet aankomen, geeft ze een gil.
Het hondje begint wild te blaffen.
Olles hart staat bijna stil van schrik.
Maar hij kan de kano niet midden op de waterval stoppen.
Hij suist verder naar beneden.
Pas bij de onderste traptrede ligt de matras stil.
Vlak voor de voeten van de mevrouw met het hondje.
Gelukkig net op tijd!
Maar het hondje wordt nu helemaal dol.
Zijn geblaf galmt door het huis.

18. De bokser

Het hondje is erg geschrokken en blijft maar blaffen!
‘Stil toch, rustig!’ roept de mevrouw telkens weer.
Maar dat helpt niet.
Het hondje luistert helemaal niet naar haar, en rukt aan zijn riem.
De mevrouw kan hem bijna niet houden.
'Wat is dat voor een kabaal op de vroege morgen?' roept een boze stem.
Er komt een man de trap op.
Hij loopt op zijn blote voeten en hij draagt een badjas.
Dat is de bokser die beneden woont, weet Olle meteen.
‘Koest!’ roept hij keihard tegen het blaffende hondje.
Naar hem luistert het hondje wel.
Het is meteen stil.
Toch is de man nog steeds kwaad.
'Mevrouw Drie!’ roept hij.
‘Wat doet die hond hier?
Is die van u?

Waarom leert u hem dan niet te luisteren?'
'H-Het is niet mijn hond!' stottert mevrouw Drie.
'H-Hij is van mijn zus.
Ik pas alleen maar op hem.
Hij moet nog een beetje wennen aan alles ...
Maar hij kan er niets aan doen.
Het is de schuld van die jongen!'
Ze wijst naar Olle.
'Hij heeft hem aan het schrikken gemaakt!'
De bokser doet een stap in de richting van Olle.
'En wie ben jij dan wel?'
'Ik ... wij ...' Olle kijkt om zich heen.
De jongen met de zwarte krullen is natuurlijk allang verdwenen!
Op dat moment verschijnt tante Map boven aan de trap.
Zij heeft haar nachtjapon nog aan.
Met een verschrikt gezicht holt ze naar Olle toe.
'Wat is er gebeurd?' hijgt ze.
'Ben je van de trap gevallen?
Heb je je pijn gedaan?'

19. Straf

Dan ontdekt tante Map de matras.
'Olle, wat heb je nou toch weer verzonnen?'
roept ze uit.
Ze kijkt een beetje ongelukkig naar mevrouw
Drie en de bokser.
'Het spijt me heel erg,' zegt ze een paar keer.
'Olle is mijn neefje.
Ik pas een tijdje op hem.
Maar hij moet nog een beetje wennen.
Ik zal zorgen dat zoiets nooit meer gebeurt!'
'Het is al goed!' zegt de bokser.
Hij kijkt nog even streng naar Olle.
Dan loopt hij de trap weer af.
Ook mevrouw Drie en het hondje gaan naar
beneden.
Samen sjouwen Olle en tante Map de zware
matras de twee trappen op naar boven.
Ze leggen de matras terug op het bed.
Dan kijkt tante Map de kamer rond.
Die ziet er allang niet meer opgeruimd uit.
Tante Map klemt haar lippen stijf op elkaar.
Ze raapt het beddengoed op van de grond en
maakt het bed op.

Maar ze zegt niets.
Daar kan Olle niet tegen.
'B-ben je erg boos?' vraagt hij.
'Ja, natuurlijk!' zegt tante Map.
'Het wordt steeds gekker.
Ik begrijp er helemaal niets van!'
Ze gaat op het bed zitten.
'Vertel eens Olle, waarom doe je dit toch allemaal?'
Nu houdt Olle zijn mond dicht.
Hij kán het niet uitleggen aan tante Map.
Hij begrijpt er zelf ook niets van.
Tante Map wacht af, maar als Olle dan nog steeds niets zegt, staat ze op.
'Blijf jij maar op je kamer tot je het me wél kunt vertellen!
Anders heb ik geen rustig moment meer!'
Ze loopt de kamer uit en ze trekt de deur stevig achter zich dicht.

20. STOM!

Als tante Map de kamer is uitgegaan, blijft Olle even doodstil staan.
Maar hoe moet het nu verder?
Hij wil niet altijd op deze kamer blijven.
Maar hij zal het nooit aan tante Map kunnen uitleggen.
Dat weet hij zeker.
Hij wrijft hard met zijn vuisten in zijn ogen.
En dan heeft hij zomaar een plan.
Hij gaat een tekening maken voor tante Map, een tekening van Roefje.
Misschien wordt ze daar weer vrolijk van.

Hij pakt kleurpotloden en een vel papier en hij gaat aan de slag.
Maar de tekening mislukt meteen al.
Het wordt helemaal geen lieve poes.
Het lijkt wel een monster!
Olle pakt een rood krijtje.
Met grote letters krast hij dwars over de tekening het woord: *STOM*.
En daarna nog een paar keer: *STOM*, *STOM*, *STOM*!
Dan gaat hij weer op zijn bed liggen met zijn kussen op zijn hoofd.
Maar dan klinkt weer de bekende, vrolijke stem:
'Hé, beste vriend van mij, zullen we er eens een dolle boel van maken?'
'Ga weg!' roept Olle vanonder het kussen.
'Het is allemaal jouw schuld!'
'Je luistert niet, beste vriend, ik vroeg je iets.'
Olle drukt het kussen nog steviger tegen zijn hoofd.
'Je doet maar wat je wilt,' zegt hij, 'maar ik doe niet meer mee!'
Even later wordt het kussen van zijn hoofd getrokken.
'Nou, beste vriend, kijk eens!'

Olle knippert met zijn ogen.
Met grote rode letters staat er STOM op het raam geschreven.
En ook op de muur, op de spiegel, op de kledingkast.
Overal ...
De jongen met de zwarte krullen staat er vrolijk bij te lachen.

21. Ga weg!

'Wat heb je gedaan?' roept Olle.
Van schrik springen er tranen in zijn ogen.
'Je luistert niet, beste vriend,' begint de jongen, maar Olle laat hem niet uitpraten.
'Jíj luistert niet!
Nooit!
En iedereen wordt kwaad op míj.
Ik wil dat je ophoepelt, ga weg!'
Olle roept het zo hard, dat zijn keel er pijn van doet.
De jongen trekt zich er niets van aan.
'Ik kan mijn beste vriend toch niet in de steek laten?' zegt hij.
Hij klimt ook op het bed en begint er vrolijk op te springen.
'Dan ga ik zelf wel weg!' roept Olle.
Hij rukt de deur open en holt de trap af.
Tante Map is juist op weg naar boven.
'Ik wilde net naar je toe komen!' zegt ze.
Dan ziet ze Olles gezicht.
'Wat is er?' vraagt ze, 'Olle, wacht!'
Maar Olle stopt niet.
'K-Kijk maar in mijn kamer!' roept hij.

Dan holt hij de volgende trap af.
'Olle, kom terug!' hoort hij tante Map roepen.
Nog vlugger holt hij naar beneden, weer een volgende trap af.
Hij is vreselijk in de war.
Daardoor ziet hij niet dat mevrouw Drie en haar hondje naar boven komen lopen.
Olle struikelt over de riem.
Die schiet uit de hand van mevrouw Drie.
Ze geeft een harde gil en het hondje begint weer te blaffen.
Olle duikelt bijna van de laatste trap af.
Gelukkig gebeurt dat niet.
Hij krabbelt overeind en zo snel als hij kan, sprint hij verder naar beneden.
Hij let niet meer op wat er boven hem gebeurt.
Vlug, vlug, voordat die bokser er weer bij komt.
Hij holt de voordeur uit, naar buiten, zonder die achter zich dicht te trekken.
Hij holt de straat uit, een hoek om, en dan rechtdoor naar het park.
Daar verstopt hij zich achter een bank tussen de struiken.

22. Mevrouw Drie

Olles hart bonkt.
Hij is buiten adem en hij is ook een beetje bang.
Hoe moet het nu verder?
Nog vijfentwintig dagen, denkt hij.
Een hele tijd zit hij tussen de struiken.
Langzaamaan wordt hij rustiger.
Plotseling hoort hij een stem die roept:
'Timmie, ben je daar? Tíiimie! Waar zit je?'
Die stem heeft hij al eerder gehoord.
Hij gluurt tussen de bladeren door.
Kijk nou! Daar loopt mevrouw Drie!
Ze roept nog een paar keer: 'Timmie!'
Dan gaat ze op de bank vlak voor Olle zitten.
'O help,' zegt ze zachtjes.
Timmie? denkt Olle.
Dat is natuurlijk dat kleine hondje!
Opeens krijgt hij het **benauwd**.
Hij kruipt tussen de struiken vandaan en gaat naar mevrouw Drie toe.
'Is Timmie weggelopen?' vraagt hij.
'Is dat mijn schuld?'
Even kijkt mevrouw Drie hem heel verbaasd aan.

'Jij bent toch het neefje van mijn buurvrouw?'
'Ja,' knikt Olle, 'van tante Map.
Ik ben bij haar omdat mijn vader en moeder op reis zijn.
Een hele maand.'
Mevrouw Drie zucht diep.
Ze knikt een paar keer.
'Net als Timmie dus,' zegt ze.
'Mijn zus is op vakantie.
Daarom is Timmie zolang bij mij.
Het is zo'n lief hondje.
Ik wil graag goed voor hem zorgen.
Maar jonge hondjes moeten ook elke dag rennen en buiten spelen met andere honden.
Dat is wel lastig, want daar ben ik echt te oud voor.
En nu is hij weggelopen ...'
'Sorry ... dat was mijn schuld!' zegt Olle.
'Ja,' zegt mevrouw Drie, 'eigenlijk wel.'
Daar moeten ze alle twee even over nadenken.

23. Te laat

Olle gaat naast mevrouw Drie op de bank zitten.
'Ik ben ook weggelopen,' zegt hij.
Mevrouw Drie knikt, maar ze vraagt verder niets.
Olle aarzelt even, maar dan vertelt hij alles wat er gebeurd is.
Over de jongen met de zwarte haren.
Wat ze samen allemaal hebben gedaan.

Hoe boos tante Map op hem is.
Hij vertelt zelfs over Roefje die hij zo mist.
'Net als Timmie!' zegt mevrouw Drie weer.
'Wat zal ik blij zijn als hij weer terug is!'
'Tante Map is vast niet zo blij als ik terugkom!' zegt Olle.
'Denk je?' vraagt mevrouw Drie.
Ze zitten een tijdje zonder iets te zeggen naast elkaar op de bank.
Allebei denken ze na.
'Het is wel pech!' zegt Olle opeens.
'Want ík had Timmie natuurlijk kunnen uitlaten!
Ik had best elke dag willen komen om met hem te spelen.
Ik hou echt van dieren en ik ben heel goed in hardlopen!
Maar ja, ik wist niet dat Timmie bij u was.'
'Je hebt gelijk, het is jammer!' zegt mevrouw Drie dan.
'Als we het hadden geweten, was dit allemaal niet gebeurd.
Dan zouden jullie vast vrienden geworden zijn.
Wat zou Timmie dat fijn gevonden hebben.
Maar nu is het te laat.' Ze staat op.

‘Ik ga verder zoeken.
Hier in het park is hij vast niet.
Ik ben zo bang dat ik hem niet terugvind.
Misschien moet ik maar naar de politie gaan.’
Langzaam loopt ze naar de uitgang van het park.
Ze ziet er verdrietig uit, vindt Olle.
En tante Map, zou die nu ook verdrietig zijn?

24. Beste vriend

Misschien vergist mevrouw Drie zich wel.
Het kan toch best dat Timmie zich wel ergens in het park verstopt, bedenkt Olle.
Hij begint te zoeken.
Hij kijkt tussen elke struik en achter elke boom.
Hij zoekt echt overal.
Zelfs de prullenbakken kijkt hij na.
'Joehoe, beste vriend van mij!
Zoek je iets?' hoort hij ergens achter zich een vrolijke stem vragen.
'Kan ik je helpen?'
O nee, daar is die jongen weer!
Zou die hem nou nooit met rust laten?
Olle wil niet eens naar hem te kijken!
'Ga weg!' roept hij terwijl hij doorgaat met zoeken.
'Ik ben je beste vriend niet meer!
Ik wil niks meer met je te maken hebben!
GA WEG!!!'
'Je luistert weer niet!
Ik vroeg of ik je kon helpen!'
Nou ja, begrijpt die jongen het nu nog niet?
Olle wordt woedend.

'Wat zei ik nou ...!' roept hij, terwijl hij overeind komt.
Maar de rest van de woorden blijft in zijn keel steken.
Want daar staat de jongen met de zwarte krullen en naast hem zit ... Timmie!
Het hondje zit keurig aan de riem en kwispelt met zijn staart.
De jongen staat apetrots te kijken.
'Nou?' vraagt hij. Met een lachend gezicht geeft hij de riem aan Olle.
'Hier, breng hem maar gauw naar huis.
Ze zitten vast en zeker op jullie te wachten.
En volgens mij heb je van nu af aan een nieuwe beste vriend!'
Olle pakt de riem aan, maar hij is te verbaasd om iets te zeggen.
'Nou, ga dan,' zegt de jongen.
Olle begint te hollen en Timmie holt vrolijk blaffend met hem mee.
Als ze bijna het park uit zijn, kijkt Olle nog een keer om.
'Dank je wel, beste vriend van mij!' roept hij zo hard als hij kan.
Maar de jongen is alweer verdwenen.